Gallimard Jeunesse / Giboulées sous la direction de Colline Faure-Poirée

ISBN : 978-2-07-055492-8
Dépôt légal : septembre 2009
Numéro d'édition : 171400
Loi n° 49956 du 16 juillet 1949
sur les publications destinées à la jeunesse
Imprimé et relié en France par ***Qualibris/Kapp***

Léonard le Têtard

Antoon Krings

GALLIMARD JEUNESSE / GiBOULÉES

Les petits hommes verts, les petits hommes verts !
– Ça y est, voilà que ça recommence, soupira Benjamin en levant les yeux au ciel. Encore ces maudits pucerons ! Je t'avais pourtant bien dit, Mireille, de traiter tes rosiers à l'eau savonneuse : les pucerons en ont une sainte horreur, tout comme les lutins d'ailleurs !
– Benjamin, Benjamin ! Viens vite et regarde-moi ça !
– Que je regarde quoi, Mireille ?
– Une soucoupe ! cria l'abeille.
– Une quoi ?
– Une soucoupe volante ! Là sous les rosiers.
– Mais non, ma pauvre Mireille, tu n'y es pas du tout. C'est encore un de ces machins envoyés par les petits monstres d'à côté. Tu sais, un de ces trucs qui planent, un… frise-bise, je crois.

Le lutin allait s'éloigner quand l'abeille cria
de nouveau :
– Regarde, Benjamin, là près de la soucoupe :
un petit homme vert !
– Bah ! ricana le vieux bonhomme. Sans doute un
puceron de l'espace qui vient nous dire bonjour.
– Les petits hommes verts ! hurla Mireille.
J'en suis sûre, ce sont les petits hommes verts !
– Balivernes ! dit le lutin, mais sa voix tremblait
et il ne riait plus. Sapristi ! C'est pourtant vrai,
ce sont bien les… les… Au secours ! À l'aide !
Les envahisseurs envahissent le jardin !
Évidemment, comme on pouvait s'y attendre,
les cris d'effroi de l'abeille et les sauve-qui-peut
du lutin provoquèrent un véritable vent
de panique parmi les habitants du jardin.

La peur faisant travailler les imaginations, les rumeurs les plus folles, les bruits les plus extravagants volaient de buisson en buisson, de fleur en fleur, jusqu'à la ruche où la reine des abeilles criait déjà au branle-bas de combat :
– Il faut au plus vite envoyer l'essaim et chasser ces intrus de nos parterres ! s'exclama-t-elle en montrant son aiguillon pointu. Piquer dare-dare avant qu'il ne soit trop tard !
– Piquer dare-dare, piquer dare-dare ! reprirent en chœur les abeilles en vibrant des ailes.
– Apportez-moi ma pelle à tarte ! Vite, vite ! Mon poil à gratter, mon fer à friser ! On va leur crêper le chignon à ces petits monstres d'à côté.
Elle donnait des ordres à tort et à travers, emplissait la ruche de ses bonds, de ses rebonds, en bourdonnant si fort qu'il n'y avait rien d'autre à faire que de se boucher les oreilles et attendre qu'elle se laissât tomber de fatigue.

– Oh là là, je m'emporte, je m'emporte ! dit-elle enfin tout essoufflée, et je ne sais même plus où nous en étions.
– Piquer dare-dare, piquer dare-dare, lui soufflèrent les abeilles en vibrant des ailes.
– Ah oui, bien sûr ! Ça me revient maintenant : les petits monstres d'à côté !
– Pardonnez-moi, Votre Majesté, s'écria soudain Mireille. Mais il ne s'agit pas des enfants d'à côté.
– Eh bien, de qui s'agit-il alors ? demanda sèchement la reine.
– Oh Majesté, si seulement nous le savions, répondit Benjamin avec embarras. En fait, la seule chose que nous puissions dire, c'est qu'ils ont un air vraiment dégoûtant…
– … un petit corps tout rabougri, visqueux et luisant, poursuivit Mireille, avec une grosse tête et des yeux tout ronds comme des soucoupes !

– J'ai trouvé, lança Loulou le pou. Ce sont des Martiens !
– Je te rappelle, très cher pou, que nous ne sommes pas au mois de mars, mais au mois d'août, lui fit observer Barnabé le scarabée avec condescendance. En conséquence de quoi, il ne s'agit pas de Martiens, mais d'Aoûtiens.
– Alors j'ai gagné ? demanda Loulou avec anxiété. Dis, Benjamin, c'était quand même la bonne réponse ?
– Tu as surtout gagné le droit de te taire, trancha la reine, qui s'impatientait. Nous avons assez perdu de temps comme ça. Mireille, ordonna-t-elle, tu resteras à mes côtés. Léon, tu me couvriras. Benjamin, tu partiras en éclaireur. Quant à toi, vilain pou, cours aussitôt prévenir la reine des fourmis. Et que ça saute ! Et que ça saute !

Pendant que chacun prenait sa place, que l'armée des petites bêtes se formait peu à peu, Roméo le crapaud, le placide, le bienheureux crapaud, faisait tranquillement son marché au potager.
Il souriait béatement devant les laitues, contemplait les poireaux alignés en rang d'oignons et observait avec curiosité le lutin, qui se camouflait dans les fraisiers.
Pensant qu'il s'agissait d'un jeu de cache-cache ou de quelque chose dans ce genre-là, il se mit à crier :
– J' t'ai vu, Benjamin, t'as perdu !
Le lutin fit un bond de surprise et se tourna vivement vers le crapaud.
– Chut, dit-il, ne parle pas si fort ! Les Aoûtiens pourraient nous entendre.
– Les Aoûtiens ? Quels Aoûtiens ? demanda Roméo, incrédule.
– Comment, tu ne sais pas ? Mais les envahisseurs ont envahi le jardin, murmura Benjamin.

– Bah, ils ne doivent pas être très envahissants, dit le crapaud. Le jardin n'a jamais été aussi calme.
– C'est bien ce qui m'inquiète, chuchota le lutin. Ce silence ne m'inspire rien de bon… Ils sont sans doute cachés quelque part dans les buissons en train de nous épier, à attendre qu'on ait le dos tourné pour nous sauter dessus.
– Moi, je pense, dit doucement Roméo, que tu travailles trop du bonnet, Benjamin, et que tu ferais bien de…
Mais devant l'air soudain effrayé du lutin, il s'interrompit.
– Qu'est-ce qu'il t'arrive ? Tu en fais une drôle de tête, Benjamin.
– Là, der… derrière toi, bredouilla le vieux bonhomme, un na… un nana… un… NAOÛTIEN !

Le crapaud se retourna et éclata de rire.
– Mais non, gros malin, c'est pas un Aoûtien, c'est Léonard !
– Saperlipopette, s'écria Benjamin, suffoqué. D'où sort-il, ce zigomar ?
– De la mare bien sûr, comme tous les têtards !
Mare… têtard… La vérité commençait à se faire jour dans l'esprit du lutin. Il réalisait à quel point il avait été stupide et trompé.
– Toute cette peur, toute cette agitation, dit-il enfin avec un sourire quelque peu forcé, pour un simple, un vulgaire petit pétard mouillé !
– Mais non, pas pétard, insista Roméo en riant de plus belle, TÊTARD !
– C'est bon ! C'est bon ! Je ne suis pas sourd, maugréa le lutin. C'était juste un petit malentendu, voilà tout. Et maintenant j'espère que chacun va pouvoir rentrer tranquillement chez soi et oublier cette fâcheuse histoire.

À peine avait-il dit ces mots qu'une voix stridente le fit sursauter :
– Oh mon Dieu, la reine, je l'avais complètement oubliée ! J'arrive, Majesté, j'arrive ! Mais au fait, qu'est-ce que je vais bien pouvoir lui raconter ?
– Des salades ! lui lança Roméo. Je suis sûr que Léonard sera ravi de jouer aux Aoûtiens et toi… au gros malin.

Pendant ce temps, à la tête de son armée,
Sa Majesté la reine des abeilles s'impatientait.
– Eh bien, où sont-ils, ces envahisseurs
de malheur ?
– Par ici, Majesté, par ici, cria Benjamin
en se frayant un passage à travers le cortège
des petites bêtes. J'ai réussi à en attraper un.
À la vue de cette toute petite chose de rien
du tout, la reine, moqueuse, fit semblant
d'être effrayée :
– Au secours, au secours ! Sauvez-moi !
À l'aide ! J'ai peur, j'ai peur !
– N'ayez pas peur, Votre Majesté, s'empressa
de dire le lutin. Les Aoûtiens ne sont pas
méchants, ils sont au contraire très gentils.
Ils ne pensent qu'à s'amuser entre eux
et à frétiller dans la mare. Et Léonard que
voici voulait juste admirer notre beau jardin.

La reine tourna autour du têtard, l'examina
de tout près pour enfin dire :
– Je n'aime pas beaucoup ces façons d'entrer
chez les gens !
– Allons, bonhomme, insista Benjamin, répète
à Sa Majesté ce que tu m'as dit.
Léonard baissa la tête et laissa échapper quelques
paroles indistinctes.
– Qu'est-ce qu'il raconte ? demanda la reine en
se tournant vers le lutin.
– Il dit, Votre Majesté, qu'il sait très bien nager.
– Et que vient-il de dire à l'instant ?
– Il ajoute, Votre Majesté, qu'il sait aussi faire
des bonds.
– Bien, bien et ensuite ? demanda la souveraine.
– Ensuite, il me demande, Majesté, à quelle espèce
de grenouille vous appartenez…

– Cette fois-ci j'ai trouvé, s'écria soudain Loulou en sautant de joie. J'ai trouvé et j'ai gagné ! C'est pas un Aoûtien, c'est un têtard ! Un TÊTARD !
Stupéfait, tout le monde regarda la reine et attendit avec anxiété sa réaction. Elle fut brève et sans grand éclat. D'un geste rageur, elle leur tourna le dos et, au soulagement général, ordonna la retraite. Ce qui fit dire au petit Léonard :
– Ça, c'est pas une reine qui traîne !